李飛鵬詩選

李飛鵬——著

總序　二〇二四，不忘初心

李瑞騰

一些寫詩的人集結成為一個團體，是為「詩社」。「一些」是多少？沒有一個地方有規範；寫詩的人簡稱「詩人」，沒有證照，當然更不是一種職業；集結是一個什麼樣的概念？通常是有人起心動念，時機成熟就發起了，找一些朋友來參加，他們之間或有情誼，也可能理念相近，可以互相切磋詩藝，有時聚會聊天，東家長西家短的；然後他們可能會想辦一份詩刊，作為公共平台，發表詩或者關於詩的意見，也開放給非社員投稿；看不順眼，或聽不下去，就可能論爭，有單挑，有打群架，總之熱鬧滾滾。

作為一個團體，詩社可能會有組織章程、同仁公約等，但也可能什麼都沒有，很多事說說也就決定了。因此就有人說，這是剛性的，那是柔性的；依我看，詩人的團體，都是柔性的，程度當然是會有所差別的。

「台灣詩學季刊雜誌社」看起來是「雜誌社」，但其實是「詩社」，七、八個人聚在一起，辦了一個詩刊《台灣詩學季刊》（出了四十期），後來多發展出《吹鼓吹詩論壇》，先有網路版，再出紙本刊；於是就把原來的那個季刊，轉型成學術性期刊，稱《台灣詩學學刊》。我曾說，這一社兩刊的形態，在台灣是沒有過的。這幾年，又致力於圖書出版，包括同仁詩集、選集、截句系列、詩論叢等，迄今已由秀威資訊科技出版超過百本了。

根據白靈提供的資料，二〇二四年的出版品有六本（不含蘇紹連主編的「吹鼓吹詩人叢書」），包括**斜槓詩系二本**、**同仁詩叢四本**，略述如下：

「斜槓詩系」是一個新構想，係指以詩為主的跨媒介表現，包括朗讀、吟唱、表演、攝影、繪圖等，今年出版兩冊：（一）《雙舞：ＡＩ‧詩圖共創詩選》（郭至卿及愛羅主編）、（二）《李飛鵬攝影詩集》。李飛鵬是本社新同仁，他是國內著名的耳鼻喉科醫師，曾任北醫院長、北醫大學副校長，在北醫讀大學時就開始寫詩，也熱愛攝影，詩圖共創是其特色。至於《雙舞》，則是本社「線上詩香」舉辦的「ＡＩ‧詩圖共創」競賽之獲選作品，再加上同仁及詩友發表於「線上詩香」的ＡＩ‧詩圖共創作品，結集而成。「線上詩香」是本社經營的網路社團，是一個以詩為主的平台，由同仁郭至卿主持，原以YouTube、Podcast運作，主要是對談，賞析現代新詩文本，具導讀功能；惟近來已有新的發展，那就是以詩為主的跨媒介表現，亦即所謂「斜槓」，為與時潮相呼應，二〇二四年舉辦了兩回【ＡＩ‧詩圖共創】競賽，計得優選和佳作凡四十件。參賽者將自己的詩作以ＡＩ繪圖，詩圖一體，此之謂「共創」。對他來說，「詩」以文字為媒介創作；至於「圖」，以其表達意志結合ＡＩ運作生成圖片。所以這裡的要點是，詩人想要有什麼樣的圖來和他的詩互文？又如何讓ＡＩ畫出他想要的圖？另外一種情況是，操作電腦生成圖片者如果不是詩人自己，那麼他對於詩的理解將大大影響圖之生成。與此相關的議題很多，需要有專業的討論。我們在本書出版之前，先在中央大學舉辦以「ＡＩ‧詩圖共創」為名的展覽和論壇（十月十五日），建構新詩學。

「同仁詩叢」今年有四本，包括：（一）李飛鵬《李飛鵬詩選》、（二）朱天《琥珀愛》、（三）陳竹奇《島嶼之歌》、（四）

葉莎《淡水湖書簡》，詩風各異，皆極具特色，我依例各擬十問，請作者回答，盼能幫助讀者更清楚認識詩人及其詩作。

詩之為藝，語言是關鍵，從里巷歌謠之俚俗與迴環復沓，到講究聲律的「欲使宮羽相變，低昂互節，若前有浮聲，則後須切響」（《宋書・謝靈運傳論》），是詩人的素養和能力；一旦集結成社，團隊的力量就必須凝聚，至於把力量放在哪裡？怎麼去運作？共識很重要，那正是集體的智慧。

最後我想和愛詩人分享一個本社重大訊息，那就是本社三刊（《臺灣詩學季刊》、《臺灣詩學學刊》、《吹鼓吹詩論壇》）已全部從紙本數位化，納入由聯合線上建置的「臺灣文學知識庫」。這應該是台灣現代詩刊物的首創，在「AI・詩圖共創」（展覽和論壇）於中央大學開幕的次日（十月十六日）下午，聯合線上在台北教育大學舉辦「從紙本雜誌到數位資料庫——臺灣詩學知識庫論壇」活動，由詩人向陽專題演講〈臺灣詩學的複合傳播模式〉，另邀請本社社長與主編群分享現代詩路歷程與數位人文的展望。

台灣詩學季刊社與時俱進，永不忘初心，不執著於一端，恆在應行可行之事務上，全力以赴。

李飛鵬答編者十問

李瑞騰

一、你讀醫，行醫一生，專業和職業對你寫詩半世紀，影響的重點在哪裡？

答：醫學研究如要成功突破，有時尋找不同專業的專家跨領域合作，其科研成果比較會有特色，也比較容易勝出。基於這種觀點，我所寫的現代詩希望具有跨領域的特異性，可以融入小說和戲劇技巧，再加上醫學人文及攝影；其版型編排設計以醫學會發表的PPT方式，原則上一頁一首。序言中有材料及方法，並交代寫作時間的始末，則是發表醫學論文的傳統格式。

行醫一生，有時一天三節門診，甚至要看兩、三百個病人，要快速讓病人懂得艱深的醫學，往往需要創新，用淺顯的比喻來表達解釋醫學及人生的困境，練習久了，熟能生巧，所以我的病人讚美我說我很會比喻。好的比喻，就是意象，如子彈可以直接命中，直接對決。也可以說在日常行醫生涯中，我幾乎每天都在實踐最重要的「賦，比，興」中間的「比」。我很多詩的草稿幾乎都是在診間中「興」起，自然形成，隨時記錄，而在當天睡前整理完稿。

二、你出版過兩本童詩，三本個人詩集，前者皆以「十九首」命名；後者書名都是硬體空間（建築、門、裂隙）加上軟性情感詞彙（悲傷、悲傷、艱難），能以此為關鍵詞，自述你寫詩一事嗎？

答：我周圍的親友同事，幾乎沒有人在讀或買現代詩集。他們看手機，看line讀YouTube，只接受輕薄小文章。

《童詩十九首》延伸自《古詩十九首》，希望短、薄，小，可以讓注意力較難持久的小朋友，能在短時間內翻完、讀完；大人，可以利用喝一杯咖啡時間，全部看完。

《悲傷的建築》和《門裡的悲傷》兩本詩圖集都以李飛鵬醫師的身分發表，所寫的主題及詩都是我當醫生、醫院院長所經歷的事件和感受。由於在院內發生的疾病治療事件，往往以悲傷收尾，所以冠上悲傷的題目。詩出現的順序編排，系想像罹病的人及家屬自醫院大門走入門診、病房，穿過手術室、加護病房、呼吸照護病房、護理之家、安寧病房，至往生室，到太平間、殯儀館、火葬場——老、病和死的過程。第三本詩圖集《在裂隙中完成艱難的旅程》，則描寫生存的艱困，自牆上、地板裂縫中的小植物，情景交融，心心相印，寫到動物、人及歷史中的人物，也印證自己一生「關關難過關關過」的基調。

三、你過去出版的詩總以構圖方式呈現，你如何看待你的文字和畫面的關係？有時就只用顏色和線條，是無圖可配嗎？印章的位置，有規則嗎？

答：配上攝影的圖，主要是讓詩更容易了解。有的圖，和其情景，更是直接引發詩「興」創作的源頭。只有顏色和線條的確實是沒有找到好的攝影搭配。但這些底色也都用心挑過。印章的位置只是要落款，落款的位置選擇，也用來兼顧畫面的平衡。

四、我發現你用色大膽，對比性很強，你如何自我解釋？

答：用色的背景，皆努力尋找，除配合詩的情境及氣氛外，也讓文字更清楚對比、凸出，更便於閱讀。

五、集前一首〈應做如是觀〉，如序，有「就把一個字／當做一個店面來經營吧」一句，接著有五行漸層擴大的鋪敘，說明由筆畫、詩行到結集的象徵意涵，我能說，這是你「以詩為序」嗎？你想說的是什麼？

答：這首詩確實要表達我對詩的看法。人即使地位再高，再有錢，再有勢，一旦死了，歸於空無，沒有多久，再無人問起，永遠泯滅，消失在千古之中。大學時讀過王禎和的小說，看到他引用日本作家芥川龍之介所言：「很多人的一生不及一行波特萊爾」，印象深刻永誌。

唯有詩，即便一行也好，只要是名句，都可以不朽。

六、作為一位醫生，你寫的詩有一個龐大的醫病意象群：從生之「剖腹生產」、「臍帶血」到死之「告別式」，「老」之「病」更是應有盡有，你藉此想傳達什麼？詩選到了後面，「老」的感覺愈來愈強，如何解釋？

答：那是刻意編排的意象群，寫病、寫老、寫人生終點的死亡，依循著人走入醫院這棟悲傷建築的求醫旅程，將我所感受到的，儘量一一呈現。詩題內容及出現順序，依序由寫詩的緣起、詩觀，耳鼻喉科及醫院內各科門診，包括X光科、眼科、心血管科、胃腸科、腎臟科、麻醉科、乳房外科、婦產科及急診外傷、癌症、老年憂鬱，至病房、手術室、加護病房、護理之家、呼吸照護病房、安寧病房等，到殯儀館、火葬場及按摩、游泳、健身，和一些當院長需要耐煩的醫院管理及評鑑、醫療糾紛處理，加上公餘放鬆吃飯應酬喝酒、旅行及升遷起落、人事浮沉的個人所感所想。

為了保護病人及寫作對象的個人隱私，大部分性別年齡病情皆經修正，盡量隱去，模糊其連結，如有相似，慎勿做過多聯想。

七、醫生以「醫院」為其活動場域，「診間」、「開刀房」；一般的

「病房」以及「癌症病房」、「加護病房」、「安寧病房」；病房中的「病床」等，觸目可見的「蘭花」，狹小角落的盲人按摩空間等，皆指涉某一種病情或生命狀態。從你這本選集就可發現，你的詩和醫生角色間的對應關係，如果全面清理你所有寫過的詩，還會有什麼發現？

答：我這幾本詩圖集，都圍繞著生、老、病、死，和那最常見的詩歌創作主題——愛情，卻不太相關。

若要描述這幾本詩圖集主要內容，可以說是聚焦在醫學的專業領域及一些人生困境的物我觀照和情景交融。這些詩圖集的創作，自大學二年級一九七六年起，迄至二〇二四年間，共四十八年；等於寫於人生二十歲至六十九歲之間。

這段期間歷經醫學生、實習醫師、住院醫師、主治醫師、開業醫師，再回醫學大學附屬醫院當科主任，又歷經副院長，三家醫院院長和大學副校長，最後退休；教職也由講師升等到教授、名譽教授。在服務照顧病人的悲喜與憂煩中，自己也歷經無數次胃腸出血及C型肝炎的長期糾纏、折磨後康復。本詩集的內容，主要與這些受苦悲傷的歷程相關，可說是用詩去表達個人對生老病死的感受，也可以說這些詩是文學和醫學的跨領域結合。希望其在眾多出版的詩集中，有其獨特性及原創性。

這些詩圖集的出版，大多六十五歲行政職退休後才付印，出版的動機是想在退休前整理一下這些創作，結集出版，給自己一個交代。

由於自己由住院醫師時期開始痴迷執著於病人及病情的攝影紀錄，加上現今電腦資訊及手機的發明進展迅速，讓攝影及文字的編輯更為簡便，遂興起用詩圖集的方式發表，或許詩加上醫學及攝影插圖，會讓這些作品更加獨特，也更容易理解。

八、你寫了房子的買和賣，寫了臺北街頭的流浪漢和乞丐，也寫了臺北的敦化北路和１０１大樓。我們的城市和社會，問題很多，醫生要醫人體，有人也想醫治城市和國家，這方面你有什麼看法？

答：在人生的修行上，人要先修身，把個人問題解決後，行有餘力再善待周邊的「眼前人」，我目前只能努力去扮演好我當醫生的角色，盡力照顧願意託付給我的病人及周邊家人、朋友。也期待有能力發揮影響力，對社會、對這個我短暫存在的地球及世界有正面貢獻。寫詩，出版詩圖集言志，或許也是一種方式。

九、摩托車是一種交通工具，在臺灣也是一種社會現象，有其階級性，你著眼在其悲劇性（〈摩托車的悲劇展〉二首、〈摩托車瀑布〉），願聞其詳。

答：二〇二四年一至六月交通事故統計，192,864件，死亡1,428人，受傷257,380；其中18至24歲機車騎士死亡97人，受傷48,243人。行醫數十年，看到太多摩托車事故的悲劇，有的一輩子殘廢，好好的一個人一夕之間淪入社會底層變成別人沉重的負擔；有的喪子、喪夫、喪父，有的喪女、喪妻、喪母，內心苦悶，鬱結，極想廢除這不安全的交通工具，也提醒世人不要再騎。

十、你應邀出版選集，在編選上，有考慮「代表性」的問題嗎？

答：沒有考慮「代表性」的問題，限於秀威公司出版詩集版型較小，此一選集以行數較小的短詩為主。

自序

這本詩選是應詩人白靈兄邀請所選輯，為台灣詩學同仁詩叢系列年度出版共襄盛舉之必要。

所選詩作來自過去已經出版詩圖集，包括《童詩十九首》、《童詩又十九首》、《悲傷的建築》、《那門裏的悲傷》、和《在裂隙中完成艱難的旅程》。詩創作時的年齡，由我二十歲起至今（六十九歲）。

〔目次〕

應做如是觀

既然聽到了
也同意了

一首登樂遊原可以總結一個時代

一行波特萊爾堪重於一個人的一生

就把一個字
當作一個店面來經營吧

一橫就是一原木的長凳
一點就是一盞燈

一行就是一條街啊
一篇就是一村一鎮
一集就是一城一國

努力經營吧

若能不讓時間消融去
未來那些由無窮遠的時空坐太空梭來的
就會看到

這一城　這一國　永遠不會老　不會死
而它的繁華與哀傷
也沒有盡頭
應做如是觀

跑道

多少歡悅
多少悲擾

像一架
又一架的飛機

起飛而去
又降落

你的心
有一條歷盡滄桑的
跑道

活著

活著
多麼像一根蠟燭啊
——一口小小的油井。
在熄滅之前
要珍惜那點起的時刻
將光
像蝴蝶一樣
一隻一隻地
釋放

念想

——之二

我們活著
只是一束念想而已

它們附著在我們的軀體上
如附著在一艘終將沉沒的船上

這念想
由這一艘
移到另一艘
也是一定會沉沒的船

在這星球的海空中
飄轉
翻轉

轉彎

躲在黑暗的角落裡
已經不會哭泣了

因為太黑
即使噙著淚
那閃光也無人見

有人說
即使太陽
它的光也不會轉彎

而等待在這麼黑的暗中這麼久這麼久

不知為何？
你來了
你帶著光來
你是會轉彎的光

看到自己

往前一直看　一直看
是無窮盡　無窮盡的虛空

我看不到自己的臉

直到碰到鏡子
反彈回來
一張有眉毛有眼睛有鼻子有嘴唇的臉
多麼陌生的男人的臉啊
混在這個星球上億萬個臉中的一個

只有兩邊眉毛末梢都有一顆黑痣是特別的

這種面相代表一種命運

你是畢生兩邊翅膀都要馱著一顆石頭飛翔的那種鳥

而且
即使在風雨飄搖中
也不能讓石頭鬆脫下來

二〇一六年七月二十日

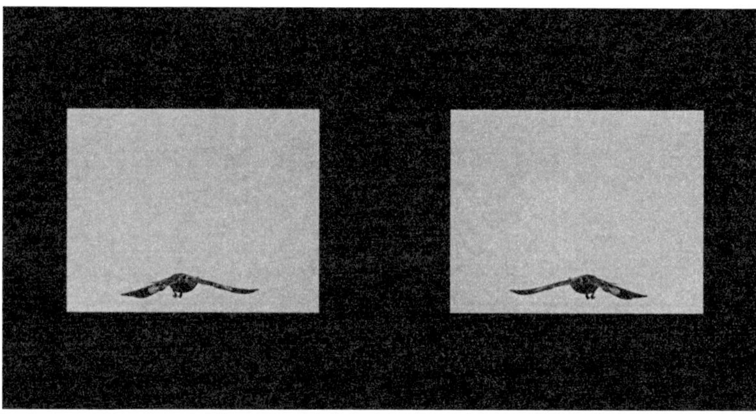

你想要什麼

你想要什麼
你的人生就有幾個戰場
不要窮兵黷武了
在乾坤中搞出了幾百個戰場

你們總是
連敗後
才想去
天地一沙鷗

放風箏

在我們內心的高原上
我們都愛
放風箏

比誰放得高

我們每個人
把自己的頭做成風箏

迎著風
放上去

深縫

——善藏者之一

她
將對他的不滿
深
深深地縫起來
沒有異樣的表情
如一件洗乾淨的睡衣
掛在那邊

bell-

碗

人生這個碗
不管你如何努力去盛飯
挾菜
裝的是
葷的珍饈
如鮑魚燕窩佛跳牆
素的淡菜
如饅頭花生豆腐湯

吃到最後
都只剩下一個空碗
盛著
雲
與
煙

琥珀

今天看到哈佛大學團隊在 Science 期刊上發表
找到一隻封存在琥珀裡已經一億年的
小螃蟹

想到
時間無情地消化一切

想到
這一億年來有多少　無量多　無法計數的生物來去
生生死死
死死生生

竟只有這麼一隻小螃蟹
不朽

你
除了去藏在藝術
藏在詩中
還能藏在哪裡
才能不會很快被消化
終究

詩
是你唯一可以躲入的
琥珀

希望那封印在詩集裡面的思念
如那一隻小螃蟹
保存了當年的DNA

不管多久
依舊晶瑩
依然都還可以提取出來
複製

這時一定要沉默

即使有一整個海
被關在你的咽喉裡
這時一定要沉默

倒出來

不只淹沒一切
也淹沒你自己

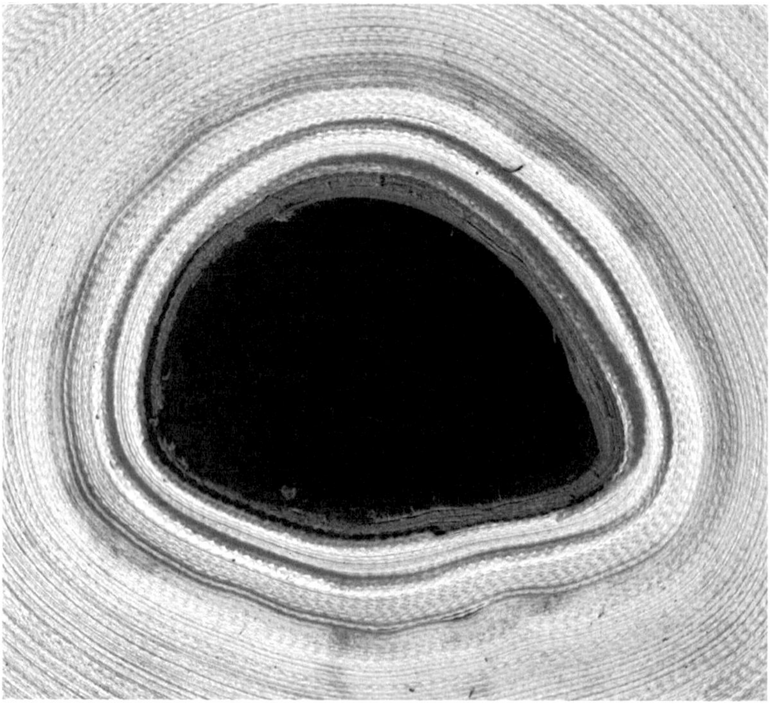

睡覺

睡覺
像是一個海

丟什麼
什麼都沉下去了
只有不願意沉下去的愛與恨
像沒有方向的船
在夢中漂浮

失眠

有另一個女人站在高高的窗口裡
眺望
妳的悲傷

夜深了
每一個人各自回到睡眠的深處
如一隻鳥回到鳥巢

失眠
妳是一隻無巢可棲的鳥

現在只有 Stilnox 能模仿母親溫暖的懷抱
哄妳睡

註：Stilnox 是一種安眠藥。

曾經的願望

每一個曾經的願望
都是一棵樹

你像這隻鳥
飛回去
停在那被斬斷的樹莖上
低頭
看

那來時
一個
又一個的
創口
時而仰首
無語

螃蟹

我到處都看到
一隻又一隻
低著頭
專心
吃東西的
螃蟹

你和她和他
每天
捧著

盯著
手機
忙碌著

變成一隻螃蟹

手機上
左右兩個大拇指
像螃蟹的兩隻大螯

忙碌著
自海裡挾起
注音

挾起
英文字母

塞到自己嘴裡
塞到對方的嘴裡

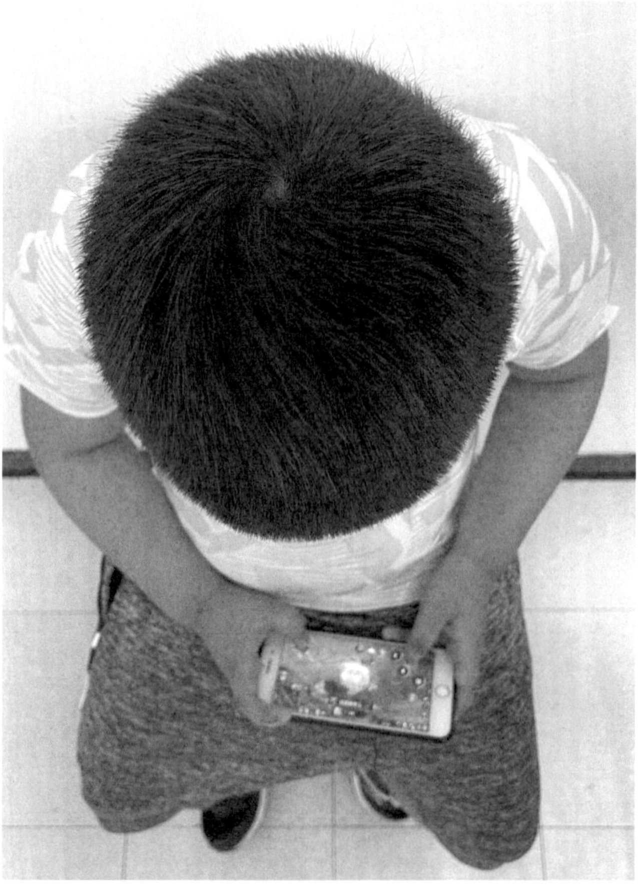

壁虎

在白牆上
伏擊飛蚊
像撲殺老鷹
舌捲小蟲
如狂擊麋鹿

它
告訴我
垂直的路和水平的路一樣好跑

只要
腳底有吸盤

隔壁房間的人用手機傳 line 來有感

不管是否夜已深
人已靜了否

大家一起
各自乘著手機的獨木舟

游於滄海

有的用拇指
有的用食指

當槳

沒有一個人同行
獨自
划著手機的小船
滿載著照片
回憶
不知划向何方

妳說

妳張貼一張照片
說
2017年的第一道曙光是發現一根白頭髮

一直是
又濃又密
又黑又亮
俏麗柔順的

可以甩來甩去的
小瀑布
沒想到竟也長出了白頭髮

那不是曙光
其實比較像蘆葦
提醒妳春天和夏天已經過去了

曙光
是愈來愈光明
愈來愈美好

那其實更像閃電
白得有點嚇人

提醒妳
青春快過完了

早點嫁人

落選

你是否竊喜
高興

伊避人耳目
甚至來到夢中
傳你彩筆

如半夜用袈裟
將你密不透光的圍起來
講授金剛經
傳授衣鉢

傳完

你要趕快逃走
裝做若無其事

如得到一顆偷偷塞到手心
明顯偏心的糖果
一定要
趕快塞入嘴巴
吞下去

藏在人家看不到的
胃腸裡去

而真的沒有計較的眼睛看到嗎？

那些傷心的眼睛都在半夜裡偷偷飲泣

一輩子到死
都無法釋懷

我哪一點不好？

為什麼？
要給他
不要給我

他們會一直問

問自己
甚至問別人

問到死去
閉目停止心跳的那一天

午後的偶思

退休後無聊的下午
悶坐在客廳沙發上
只聽到右側那水族箱的水聲在響

聽久了
竟也像清脆的澗水在流
而持續不斷地流了一個下午
其實也就像一條河了

轉頭看那箱內的小紅魚
一隻一隻悠遊在綠色的水草上

想牠們生於斯長於斯
這小小的玻璃長方水箱
就是牠們這一族的天涯與海角了

而照顧牠們
餵食飼料給牠們
幫牠們換水
幫牠們剪水草

懷孕時將牠們隔離到另一碗水中去接生
去做月子的
我的老婆

就是牠們的上帝

牠們只關注水面上的飼料何時像雨點一樣
落下來的光影與氣味

牠們蜂擁來吃
拚命吃
永遠吃不夠

牠們不認識我老婆
如我們這芸芸的眾生
不認識牠們的神一樣

騎馬

——致尉遲敬德

想當年

你在玄武門賭命

勇猛衝殺
提著太子及齊王的頭顱快馬旋轉血濺

瘋狂

嘯吼
太子及齊王已死的回音久久不絕
威攝八方

連主子的老爸皇上李淵
你都敢拿著兵器
正面恐嚇　威逼

如今天下太平
你卸去兵權脫下戰袍　盔甲
表忠

自己脫得赤條條的
清鋒劍　横槊　鋒芒
通通拿去藏在女人的陰道中
息交絕游

整天關在家中臥室裡
待在床上

把女人當成戰馬
每天騎　每天操練

這樣皇上才會安心

那些安享晚年的武將　功臣
都是這樣
躲到女人大腿的隙縫中
才逃過一死的

筷子

之一

爸爸每天去打漁
爸爸的手
是我們家的筷子

伸到海裡去
把魚蝦挾回來

之二

值完五天班的週六中午回到家裡
母親一如往常細心挑出魚刺
用筷子挾

一小口
一小口
將魚肉餵到小女兒口中

她走來走去
母親也跑來跑去

電視機上
正播放精心等待連續拍攝
母鳥餵食小鳥的影片

母鳥來回穿梭
不斷叼回小蟲及食物
塞入巢裡每一隻小鳥張得
大大大的黃色的嘴巴

永遠吃不夠的樣子

她們的身影與動作一樣熟悉

母鳥的嘴是母親的筷子
母親的筷子是母鳥忙碌的嘴

飛來飛去
忙來忙去
叼著愛
挾著
愛

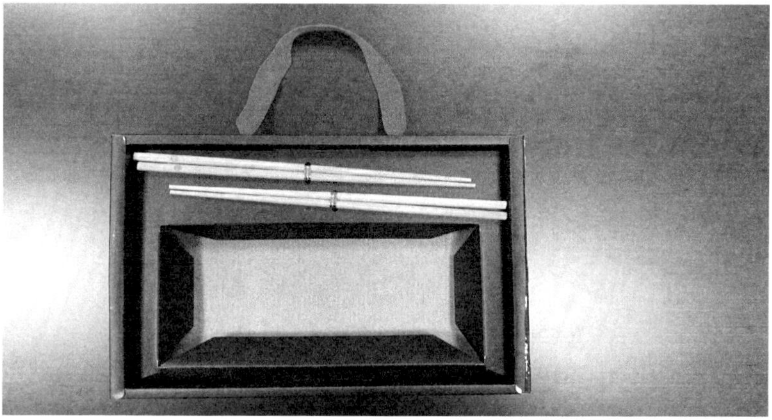

敦化北路的樹們

台北市的街道中
敦化北路的樹可以說是最高大最茂盛的

他們的年齡比我大
剛種的時候
每一棵應該都差不多

種類一樣
高度一樣
大小差不多
年紀也差不多

一棵一棵
分好幾排
隔著不同的間距

仔細看
長大的樣子都不一樣

有的長得好
其中一個分支就比其他樹的主幹粗大雄壯

有的長得不好
瘦瘦小小的

有的甚至不在位置上了

或許被颱風吹倒了
或許得病被蟲蛀死了

就像以前我們學校同年級的同學
升旗排隊
穿著制服
看起來都一樣

而經過幾十年
開同學會
每個人成就不一樣
長相也變了

有的仍健壯
有的拄著拐杖
有的甚至已經凋亡

每天路過敦化北路看著這些樹
也常想起我們小時候的同學

希望大家都長得好
長得茂盛

如果101大樓是一棵樹

自從101大樓蓋好了
我幾乎每天看到它

生活在台北市
不管怎麼繞
我每天大都看到它
何況
我上班的地方就在它旁邊

它
上面尖尖的

平常沉默地聳立在那裡
如一支矛
插在天空裡

每年跨年夜
它施放焰火
萬人痴迷

平常它用變換的燈光來改變它的姿影
仍然無法形容
它的沉默與堅強

就這樣
它像一支矛
聳立在天空裡
好像為我們鎮守地球

有時我想它是一種驕傲
台北市的驕傲

但我常常這樣想
如果 101 大樓改成是一棵一樣高的樹
那該有多好

我們擁有的是一棵 449 公尺高的參天大樹
比棲蘭山那三棵可以撞到月亮的三姊妹還高
那該有多好

我每天遠遠看的
都是參天繁茂的枝葉
那該有多好

我們擁有一棵世界最高的樹
應該比一棟世界最高的樓好

如果能這樣

我可以帶著小孩家人到那樹的下面
仰望那像天空一樣廣的綠葉

比較一下它的樹幹
比較一下人的渺小

伊最怕癢

二十一、二歲
我們的發電廠綠油油的
沿著手伸出去
一扭開都是笑聲

說起來
妳最怕癢了
那款又笑又怕的模樣最逗人
卻故意說不怕
於是我更愛調皮了

小手指打扮起來
一隻一隻
都是美妙的
噫！零點一伏特的小電電

或是倏忽於右手的
鬼沒於左手的

清潔可愛的小毛蟲在身上賽跑著
癢的步伐

常常笑到最後
妳都笑岔了氣要求饒

呵呵，彎著腰

那時我也嘿嘿的笑了

二十一、二歲的發電廠綠油油的
沿著我們的手伸出去
一扭開都是笑聲

還記得嗎？
有一次
妳的髮忽前忽後
笑得花枝亂顫
彷彿樹上的果子都要掉落下來
笑得那髮夾
像一隻一隻的蝴蝶亂飛了起來

西瓜的意思

——此外，陽光、沙灘、溪水也有一些小意見

沙灘上我們成群地種著

溪水淙淙帶來清涼
陽光四下其溫暖

沙灘供應各種滋養

農夫並加上一些肥料與除蟲藥

青綠的葉子快快抽芽
鬚根四佈日加深

我們體軀伸展迅速
漸漸結綠意盎然的葉

這一切都與農夫和大家的意見一致

繁榮、茂盛、而且多葉。
此外，我們自知提煉
一些外面看不出來的顏色
並且壓縮一些聲音

如此這般，日積月累
我們成群地待在沙灘上
結愈圓愈大愈多的葉

直至某日，農人將我們一一叩響
我們也自知時候已到

乃剖腹
生產
一艘又一艘鮮豔的小船
清涼滿載，而且列隊
航向人間

人們對我們的享受
自然是以他們的勞資換取
農人的辛苦
亦有其回報

唯我們散佈種籽的意思
少有言及者

找回四十年前的札記

以為已經遺失了

沒想到
又找到了

宛如重逢了一個以為已經逝世的同學

沒想到
他還活著

看著它
你用六十歲的眼
去評價

那二十歲少年的才情與憂鬱

其中
竟也找到
一些現在不可能寫得出來句子及草稿
把詩續完

這種失而復得的感覺
這種自己跟自己接力完成的寫作方式
很難形容

好像你讓已經停止心跳
已經冬眠四十年的詩
又重新復活一樣

也像你老了
竟可找到你年輕時無意中冷凍冰存的
臍帶血

讓過去的你
回來救了現在的你

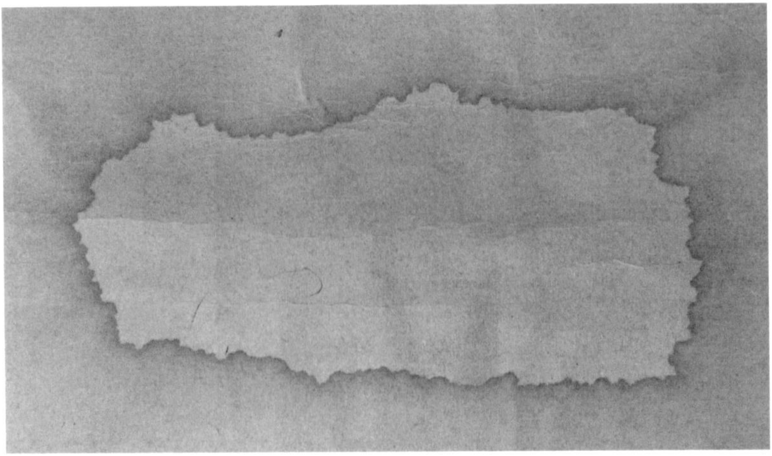

丐

一大早
就躺在台北繁華的捷運站口
面前擺個塑膠的缽
孤島在金燦燦的陽光裡

一整天
一直躺到到白銀銀的月光出來

那個缽裡
只有幾聲
瘦小的
鳥叫

流浪漢

微雨中
在台北市民權東路
榮星花園臨街的步道上

你像無所事事的鴿子
在公園旁的走道來回走到底又走回來

我去殯儀會館悼念一個長者時碰到你
回去時又碰到你

你穿的衣衫比那一排被雨淋濕的白千層還要濕還要襤褸
帽子後面盤起來的髮髻長得比旁邊老榕樹的髮鬚還黃還亂

有十幾隻胖胖的鴿子
有的在地上覓食
有的停佇在路燈架上看你

為什麼要放逐自己

這條路上的樹年齡誰不比你大
那棵樹身上沒有被砍過再勇敢成長過的傷痕

你渴望
像一隻鳥一樣自由自在地活著飛著
卻只像一棵襤褸的樹一樣地移動著

我是覺得你很可憐

做不成鳥
也做不成樹

鳥和樹加起來除以二
就變成你現在襤褸的樣子

畢竟
你既不像鳥又不像樹
令人不舒服
又令人生懼

你
離人的樣子愈來愈遠

幫一棵小樹算命

察覺時
你在牆角
被播種在不該種的地方
卻依然
興高采烈的綠著
葉子一直多
一直大

我預測
如果你再讓人家知道你活得這麼好
不低調一點

終於有一天
你會像蘇軾一樣

再被察覺
再被鏟除

黃葉

——之二

搭船
在馬紹爾環礁這湛藍的海面上
游行

竟又發現一片黃葉

無限的藍裡
還沒沉下去的一點黃
載沉載浮的漂著

愈飄愈遠

這樣的對比
需要照一張相留念

而不自禁地想起
曾經替你照過相的你

自職場的森林退下來
選擇遠離這個島
到美國

也如這一片孤獨的黃葉
漂向天涯
海角

祝福

窗口裡
看到
一隻喜鵲飛過
他嘴裡叼著細枝
應該是回家
築巢

想起
遠方新婚
正在努力存錢
要在異國買間房子安定下來的

你們

祝福
這對即將要育雛的喜鵲
也祝福你們
早日如願
並還清貸款

身影

晨起如廁
看到一隻蚊子
在面前
往門外飛去

曲折
遁入黑暗之中

那是一隻
趁我睡覺沒意識
吸飽我的血
躲進浴室的蚊子

牠應該很警覺
我醒了
接近了牠
可能要對牠不利

所以立刻去躲起來

牠成功沒入黑暗之中
不見了蹤影

如一架完成突襲
成功撤退的黑鷹直升機

也不禁想起
那個趁我們年輕時　天真

不懂得人心險惡
騙去了我們血汗錢的那個熟人
肥胖的身影

他也一樣

自那時起
消失在台北市繁華的街道及人群之中
不見了蹤影

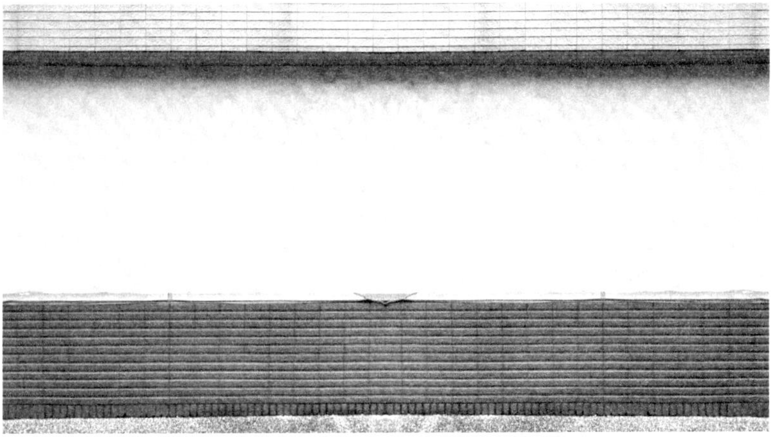

傳位

娶了很多老婆又生多兒女的有錢人
死前都是很辛苦的

傳位
要以精液含量的純度　濃度
還是用IQ　EQ　能力的好壞來權衡

傳位
真的是很難的一件事
而常常都是悲傷的
生前不能露出口風的

否則引爆了明細
沒有一個人會高興的

好不容易你想到用密詔
死後再發表這一招

在最忠心的顧命大臣及律師的見證下
詔明這帝國要傳給能力較好的十四阿哥

你卻忘了
你早把那封地賜給了嫡長子和其他的兄弟們

你不在生前發表
卻在死後公佈

我不相信你不知道
除非你已有老年痴呆的現象

這樣一定會起衝突的
導致十四阿哥必然戰敗被剷除

我寧願相信
你是因為十四阿哥母子吵得你受不了
只好寫個詔書塞他們嘴巴
圖個死前清淨

你早知道你死後這詔書根本不會被執行
不然你就是和嬴政一樣昏庸
空傳皇位
還把扶蘇害死

馮道

山河破碎
雨打萍

在一次又一次
再一次……
風狂的
滂沱大雨中

每次
你面前都橫陳著兩條路
一條血紅的
一條雪白的

一定得選擇

選對
就生

選錯
就死

而你總像 Robert Lee Frost 所寫的那樣

選擇了
那條人煙最稀少的路
到達了彼岸

有人說你對
有人說你錯

你比那些帝王更像帝王
善意的治理了一個又一個亂紛紛的天下

你真的比那些董事長更像董事長
暫時撐住那搖搖欲墜的公司
賞給了公司裡的員工們一口飯吃

對的決定

或許

不要關
不要殺

在壯年時
將那好人遠謫

讓他去顛沛
去流離

讓他瞬間可以加速老二十歲
三十歲

是一個好的決定
如果讓他五十歲　六十歲才開始滄桑
應該只會抑鬱　病死
逼不出
那些　苦中作樂　瀟灑脫俗的傳世名作
如蝶戀花　定風波
和寒食帖
好人一定不要讓他太得意
太舒服

趁年輕
給他一點折磨
最後
一定會證明
這個決定是對的

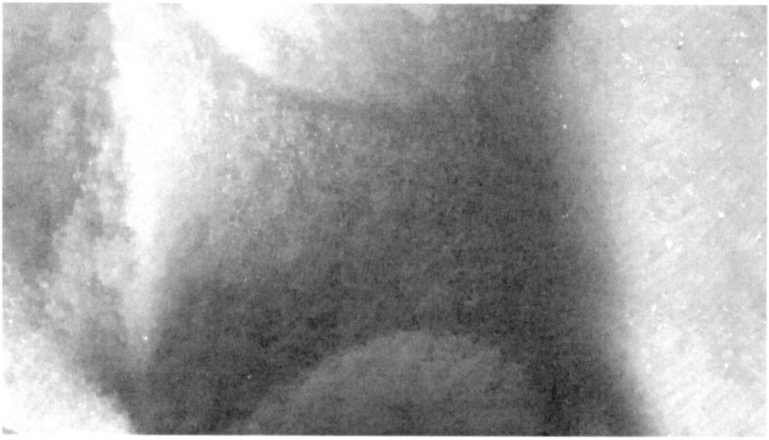

醫院

夕陽無限的好
而醫院是落日前的一棟建築
大部分的人要離去前
都要拎著悲傷來
在這裡
住上一段時間
醫院又像落日前的一棵樹

那一個又一個的病人
恰似一片又一片的枯葉
慢慢飄落

咖啡館之夢

你提了辭呈
想離開醫院
充滿憂傷的地方
不想繼續
半夜裡走在病房那長長　彷彿怎麼走都走不完的走道

你說要去經營一家小小的咖啡館

你走訪了河灣，山林
最後選在燈火邊緣的巷道裡
販賣午後的寧靜
節慶的浪漫

你端來的咖啡
我們都愛
杯裡是一個小小的幽閒的湖
混著日、月、星辰和雲

你看起來很好
我們都喜歡　祝福
年輕少女的夢想是一艄小小的船
靜靜的在湖面上划過

二〇一四年八月十四日定稿

耳鳴

你們以只有你們自己能聽得到的聲音求我

求我　消滅它

你說　你聽到的是小蟬嘰嘰嘰的鳴叫聲
妳說　妳聽到的是大海轟轟轟的海浪聲

　　高低
起伏

有時　持續終日
有時　斷斷續續

心情差
失眠的時候
比較大聲

這時
是蟬靠近了你
還是你貼近了蟬

心情好
睡得安穩的時候
比較小聲

這時
應該是海忘了妳
還是妳忘了海

你們求我讓蟬不要鳴叫
你們求我讓海不要發聲

在這深夜無眠的夜裡
我只能給你們安眠藥

就像也給海安眠藥
就像也給蟬安眠藥

你們一起睡了
你們也就不會聽到耳鳴了

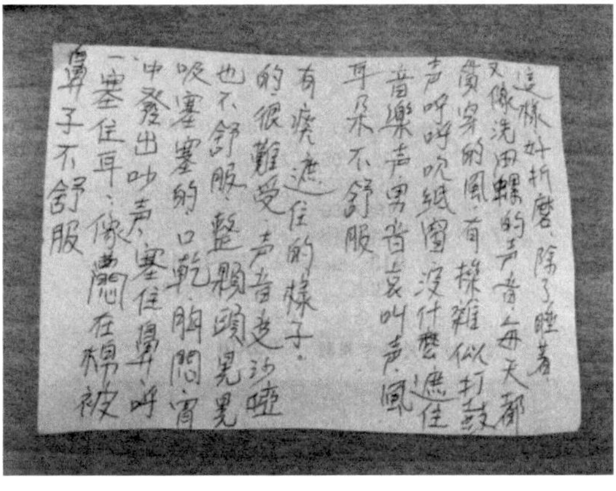

這樣好折磨、除了睡著
又像洗田螺的声音、每天都
貫穿的風、有操雜似打鼓
声呼呼吹紙窗沒什麼遮住
音樂声男音哀叫声、風
耳朵不舒服
有痰遮住的樣子。
的很難受、声音是沙啞
也不舒服、整顆頭晃晃
吸塞塞的口乾、胸悶窩
中發出吵声、塞住鼻、呼
一塞住耳、像悶在棉被
鼻子不舒服

保密

一定要我們守住因癌住院的祕密
病房的門口掛著謝絕訪客的牌子

悲哀
只想一個人承擔就好

若須像一顆星那樣殞落
你說要
絕對要
選擇在深夜

怎能
讓那流瀉的光痕
割傷親友的眼睛

你堅持
病房裡不要有任何一朵花來喧嘩

輸尿管結石

一列小小細細白白的莒光號
你的小便
滑溜迅速
每天來去幾回

台南來的旅客
你趕得好急好急

其實那不過是某個頑童一時興起
嵌個石頭玩玩的遊戲罷了

哪，別慌

讓我為你充一次礦工吧
架起那小小的碎石機
深入
到那惡作劇之處
做一次精彩的爆破

我也喜歡看哩
那小小細細白白的莒光號
又溜出來了

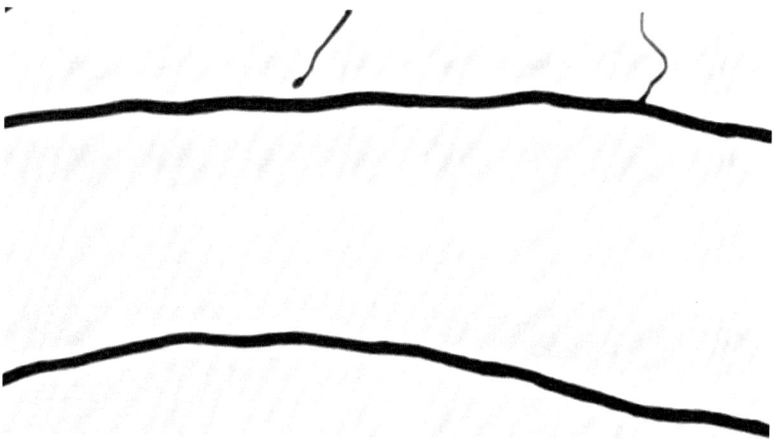

攝護腺肥大

人老了
身手是大不如前了喔

以前小便嘛
說開始，就開始
溜滑梯般的——
一瀉到底

有時興起
在玩伴中比高比快之餘
還充當瀑布一番
灑得那些小螞蟻們
紛紛走避不及

直至初　高中
每讀及李白的
朝辭白帝彩雲間
千里江陵一日還
還會發出會心的微笑

年過不惑之後
偶而跟那年輕小伙子同站
看他們由開門到關門
數十秒即畢
乾淨俐落
頗有咱當年的氣勢
而咱是愈站愈久了
有時還把皮鞋弄髒

唉，人老了
身手是大不如前囉

有或沒有

對坐在紛擾的診間
如對坐在滾滾的紅塵裡

妳和我爭辯
有與無

喉嚨裡面一直卡卡的
到底有沒有長東西

妳指著喉嚨
堅持說有

我說

喉嚨本來就有東西
咽喉長在裡面
不是本來無一物

我們用解析度最好的喉內視鏡檢查
沒有看到癌和腫瘤

我也讓妳自己和妳老公一起看
一起找了
看能不能找到腫瘤

也沒找到

妳一直懷疑有
我們堅持沒有

我們竟像神秀和慧能一樣
爭執
到底有沒有

難道我們的有和沒有
指的不是同一件東西

是空氣
還是黏膜上的殘念

或是妳感覺到會厭軟骨在動
還是妳看到親戚朋友名人得到喉癌食道癌
仁者心動

亦或經過氣管的風在動

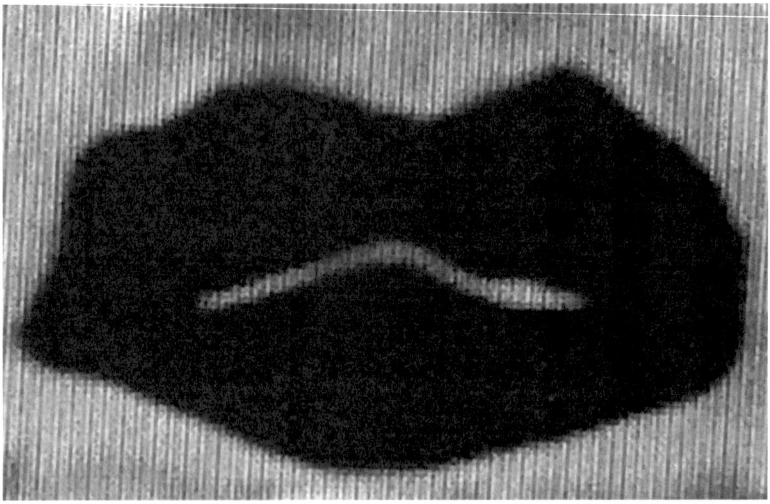

沒有碰傷自己

九十歲
坐著輪椅　被推進診間
前面放的不鏽鋼腳架　像柵欄
只有白髮蒼蒼的頭伸出來
愈看愈像一輛囚車
人被衰老關在籠子裡
耳朵也聽不清楚
要喊很大聲

說上次挾出一塊驚人的耳屎後
就有聽到了

要換到耳鼻喉科治療椅上檢查
那不鏽鋼的腳架有四隻腳
慢慢移
慢慢小角度的旋轉
倒退
好不容易　您終於可以起身　移位　安坐到治療椅上
沒有跌倒

真像一輛老舊　但保養得很好的勞斯萊斯車子
費盡周章地　在狹窄的車位上迴旋　停好
沒有碰傷自己

枯枝

你的冠狀動脈
早已像冬天葉子落盡後的枯枝

你完全不知道

突然倒下去
心跳停頓在那年心導管室外的窗口

本來即將斷落
卻又被固定在病床上

隔了十幾年
在那護理之家

三人床也是靠窗的一角
你張著嘴巴
兩眼蒼茫
攣縮著手腳
被一張雪被蓋著
你是一枚攀住枯枝
不願
還是無法掉落的
葉子

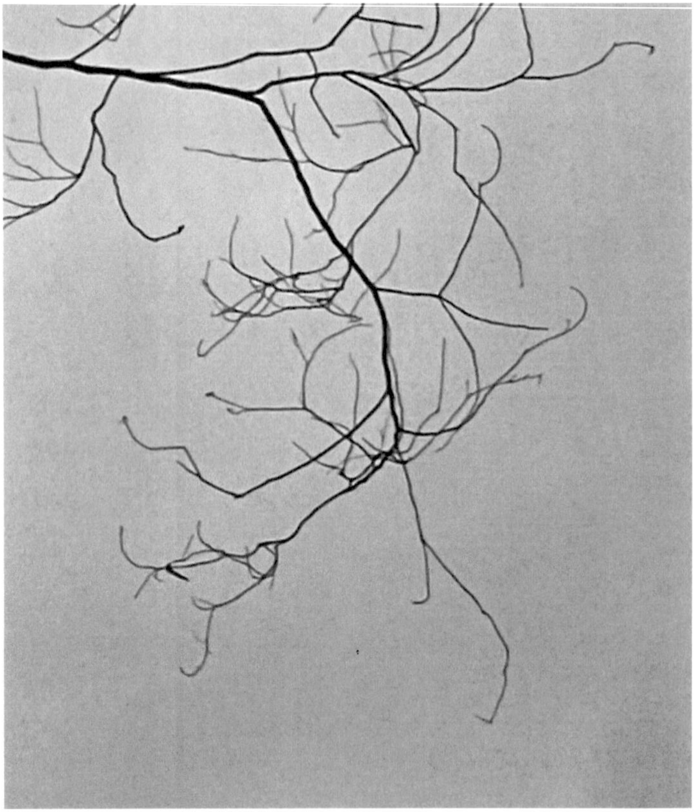

摩托車悲劇展

之一

騎著摩托車　騎著四散的影子
變成倍數的混亂
在紅燈綠燈黃燈倒數秒分的計較中
在沒有設計混亂的街路中
期待一紙秦始皇的詔書
廢止
檳榔及摩托車
民主
也許我們不須要整齊

我們需要混亂
好像我們的人口過剩
像草太多　太長
須要製造摩托車車禍這樣交叉互撞的剪刀
來剪除過多的人口

悲劇

悲傷並不重要
在這不用心設計　不用心管理的街路中
我們繼續擁有摩托車形成的瀑布
天下第一

之二

看完妳被仔細縫完最後一針
取完臟器後的肚皮　凹扁了下去
仔細清洗後臉部及雙唇　白得像雪
取走妳的心　妳的肝　以及角膜的人都走了
深夜的開刀房空蕩蕩
彷彿只有我仍陪著妳

更衣室都沒人了
只有滿地凌亂的綠色手術衣褲
如凌亂萎頓的身影

穿好衣服出來
身上那白色的長袍好白好白
妳的家人噙著淚　坐在椅子上等待
社工同仁及勸募師也熬夜在陪伴
我說　我們把她的傷口縫得好美
她的心會持續在人間跳下去
她的肝會換回一個膽道閉鎖的小孩的性命
經過她角膜的窗口
有兩個人會更看清楚
人間有愛

她會分身成四人
會永遠活在我們心裡

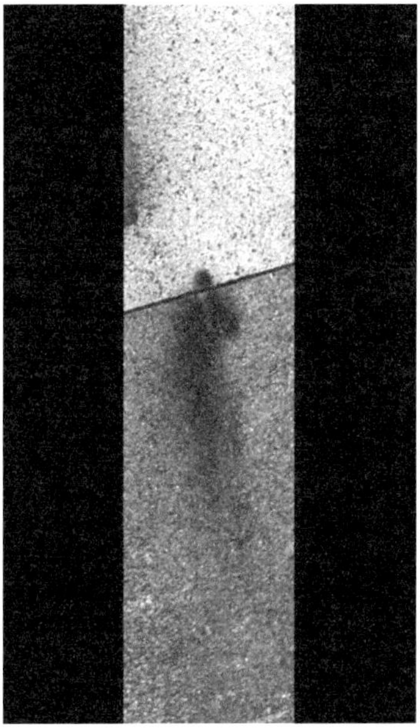

摩托車瀑布

竟有這樣的一條瀑布

位在台灣
台北市
台北橋上

要有多少數量　多麼多的摩托車
才能化成潮水啊

而又要多麼擁擠
多麼整齊地傾瀉下來
才能壯觀地被稱為一條瀑布啊

而每年撞傷在摩托車的將近四十萬人
死在摩托車車禍的有上千個人
卻沒有人關心啊

他們只負責把數字計算出來

曾有某一個交通部主官回答我的期許　改善的託付
他毫不思索地說：「不可能廢除摩托車！」
那是政治議題

不！
那其實是利益
錢的問題
也是懶及觀念落伍的問題

以及
別人的小孩死不完
殘忍的問題

你們大家出國去日本玩
不是乖乖
搭捷運
走路嗎？

瀑布中

他們風馳電掣
不是騎成一滴水
一條河

而是飛濺成
一滴
家人的
珠淚

而且是
父母餘生
最怨恨的
一滴

淚

蘭花

在醫院久了
我們最熟悉的就是蘭花
她們替我們去致意
彷彿在最盛開　最豔麗的時候去新嫁
我們習慣她們的來去

新任的時候
一盆一盆
紫紅　粉紅　黃　淡黃　各色的蘭花在最盛開的時候一起來祝賀

她們中秋節來
過年也來
生日的時候也來

我獨自坐在辦公室時
常常細細地打量她們

像盛裝列隊的蝴蝶
一隊一隊
停在空中
默默陪著你

像盛裝列隊的宮女
一列一列
等在那裡
默默看著你

而悲傷總是慢慢地來
重複地來

由最末端的那幾朵開始乾縮　垂首
再墜落

一朵一朵落在辦公室的地板上

如春天過去
一樹的蝴蝶慢慢飛離

也如紛紛斷落的頭顱

只剩枯枝如軀骨被鐵條綁住

通常還有幾朵時就會被撤出辦公室

常常就孤伶伶地被棄置在牆角
然後消失

世間短暫的邂逅

她們是人海茫茫裡的滄桑
世間最美麗的孤女

交接

歷經過多少次首長的交接了啊
如改朝
換代

盛盛大大

在一片花海中接過紅大印
然後走回
辦公室走道
接受另一片花海
的歡呼

交出印信
瞬間就變成了前任
走入院史館的千古中

再次見證
首長是
機構裡最快走過的
過客

功勳卓著

才兩年
或四年
竟像一隻流浪的貓
墊著腳步
無聲無息地走了

打包
搬走的資料
一箱
又一箱

一年　兩年　五年……
都不曾再打開

加一顆糖到大海裡

血糖低
脾氣就爆衝了

罵人
像罵狗

罵一整群的狗

平靜的辦公室裡　無端　竟起了沖天的大海嘯

身為祕書
妳要像泡咖啡一樣

去加一顆糖
到大海裡吧

這時
妳真的要趕快
把海當咖啡泡

按摩

突然覺得
這是醫院最悲情的一角
五六個盲人擠在樓梯間的轉角
夾縫中求生存

你不用說什麼
就躺下來
讓他們按摩一節吧
躺下來
就是幫忙

在黑暗中
雖然他們看不到一點光

他們用摸的
用聞的
用聽的
就可以為你找出哪一條肌肉最疲勞
最感傷

他們分辨得出
哪一節脊椎　僵硬
哪一條筋　柔軟

身體哪一區　負擔最重
哪一個穴道　最阻塞
氣最不順
他們也都知道

感謝你
願意躺下來

他們用捏的　用按的　用推的　用扭的
左旋轉一下
右旋轉一下
從眉毛眼睛脖子肩膀到腰一直到腳底
他們就是有辦法讓它們一一鬆懈下來

你就閉起眼睛吧
暫時一起置身黑暗之中

委託他們幫你按摩一下
將你的肉身
自無聊的緊張中推拉出來

附註：台灣很多醫院都免費提供空間，讓一些盲人在醫院從事按摩營生，但因院內空間不足，往往侷限在偏僻的間角。

何日君再來

快樂
時常歡聚

酒是餐點的靈魂

你們
前兩道菜後
就不太吃東西
專心喝酒　一杯又一杯　大公杯……

你們
是一群瘋狂的鳥

每天都是春日
啁啾在枝頭

他的早期癌
如第一發子彈
碰一聲

一下子
大家頓悟醉酒傷身
短暫飛離

戒菸　戒酒　戒檳榔　戒雪茄

只是
人一定要活在當下
尋找快樂

旋即又恢復本性
你兄我弟的

呼嘯來
呼嘯去

停滿枝頭
繼續抽煙
喝酒
吃檳榔

管他第二發子彈
何日君再來

母親節待在醫院加護病房隔離的阿姨

由二十四小時都透明的玻璃窗看進去
沒有看到結核菌
只有蒼白的燈光
像月光一樣照著
覆著厚棉被
只有呼吸器在動
那樣靜靜躺著的阿姨
曾經拉拔七個孩子長大
水裡來火裡去的母親啊

遠遠的心電圖機仍有節奏
一跳一跳地閃爍著

母親仍和我們在一起
仍是我們一家的核心

今年的康乃馨等轉到普通病房我們再一起送

游泳池

海切掉一塊放在屋裡的感覺就是這樣

浴缸太小
要有點過度的想像
才能擁有一點海的感覺

其實只要一點點海的感覺就好
可以重新回味徜徉在母親肚內　那羊水的溫暖
多久沒有被母親擁抱及撫摸了

游泳
脫下那妝扮的衣飾

裸身泡在泳池裡
游泳
各自滄海渡餘生
練身體

多游一百公尺
就多離開醫院及加護病房那悲哀的床
一百公尺

想愛家人多一點
想愛家人久一點
就每天來游泳

你把藥當子彈

老了

你和你那些老戰友一樣
到處開藥

囤積在家裡

高血壓　糖尿病　降血脂
治痛風

感冒　流鼻涕　喉嚨痛
止咳　化痰　退燒

眩暈　香港腳藥膏
止癢藥膏　眼藥水

什麼藥
通通都有

有的放在櫃子裡
有的擺在抽屜裡
有的裝在隨身包裡

隨時　隨手
可以拿得到

用先進先出的方式管理
以免過期

當兵當久了
你好像把藥當子彈
你也好像有很多敵人
你要隨時可以取得到子彈
拔槍上膛
自衛
你才放心

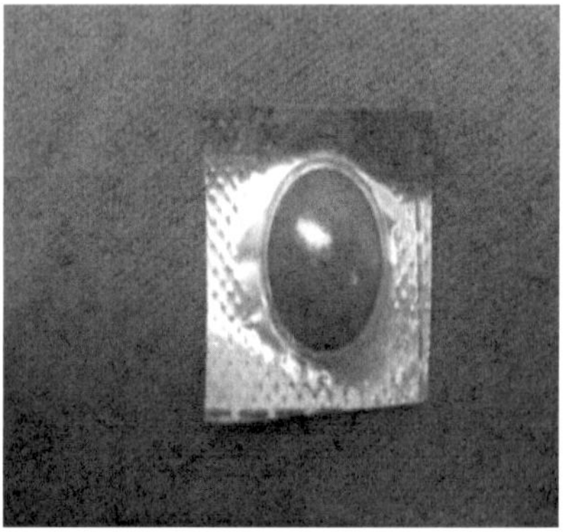

週日早上帶孫女珠珠去濱江市場買菜
看到一個坐在輪椅上的老太太有感

仍然眷戀
這個人來人往熙熙攘攘的繁華市場

他們男人
縱橫四海
橫掃商場

我們女人
縱橫濱江市場
橫掃
魚攤

肉攤
菜攤
一樣卅年　四十年
甚至五十年

都老了

他們推輪椅去董事會
我們推輪椅來菜市場

一樣的不捨
一樣的眷戀

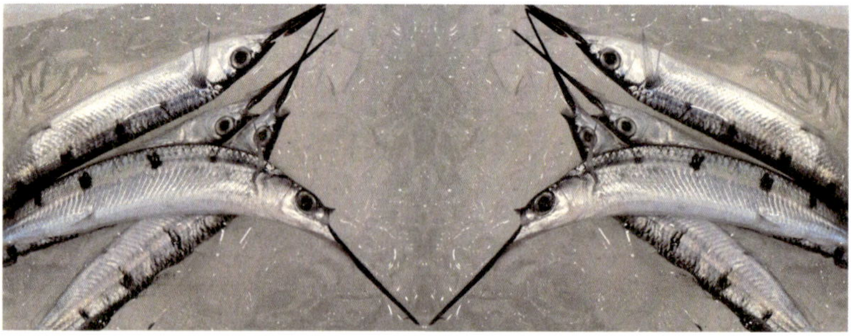

兩座燈塔

一早起床
想起兩個老人家
一個九十
一個八十八了

一個住舊家
一個住新家

原來每天中午驅車來探望
帶雞帶魚帶蛋帶水果帶蔬菜
一起吃中飯

疫情嚴重

每天染疫八、九萬
老弱每日死一百四、五十人

怕互相感染
不敢出門

老夫老妻好幾月沒有相見
沒有一起吃飯了

每天關在家裡
繞客廳　踱步
張望

黑暗中
不知他們還要等多久

兩個老人家
只能打電話　視訊
互相問安

兩個人就這樣相隔

一早想起
還沒幫他們拿到抗病毒的特效藥

這兩個長輩
他們整天一直害怕地戴著口罩

他們倆個
開著窗戶一直對看
期待

如
一南
一北

兩座白色的燈塔
各自用微弱燈火
在暗夜中
互相閃爍

老

沒想到這麼快
就老了

而且不只是你
整個社會整個國家整個星球也都老了

那鬆掉　蛀掉的牙齒每植一顆都要十萬元八萬元
換來換去的老花眼鏡裡又加上飛蚊症
那兩朵揮之不去的雲
平行的飄來飄去

聽不到聲音的外耳道莫明其妙的飛來一隻
永遠不會停也不會累的蟬在鳴叫

那怎麼睡都睡不掉的夜
不只愈睡愈長　也愈來愈煩愈躁

這裡痠　那裡痛
你逐漸戴上一層憂鬱的面膜

人生到老
愈接近終點
才驚覺
你被驅趕　被逼迫到一個完全陌生的異域
以前以為老了退休了就能休息　就能安樂
其實不是這樣的
老才是一個殘酷的戰場

你突然　抑或被逼著驚覺
你竟進入了一個你完全陌生的戰場

你只能用枴杖當槍
你只能用小顆的藥丸當子彈　中顆的藥丸當手榴彈
最大顆的藥丸當飛彈

你用輪椅當卡車　你用呼吸器當坦克

你的血壓愈來愈高
你的糖尿病越來越嚴重
你什麼都忘記
卻只記得別人對你的不好
還認為有人要加害於你

你不走出去　你成為客廳裡電視機前一動也不會動的傢俱
你和你的戰友們每天到不同醫院的大廳去排隊　去領裝備

而怵目驚心的　不只是你自己
你也會傷心的看到
這個戰場上所有的戰友都一一節節敗退

如何在敗退中維持快樂
就是最高的戰略

完全不是過去青年壯年
在打勝仗中
喝酒歡呼的那種

甚至
在註定的敗局中

能安安靜靜的死　就是我們最大的勝利

有這種勝利麼

力歇之後　安安靜靜的死就是完勝

老

真的是一個你完全陌生又無法適應的戰場

你戴著憂鬱的面膜

不知如何是好

因為真的沒有任何兵書可以參考

除非你相信菩薩

相信耶穌

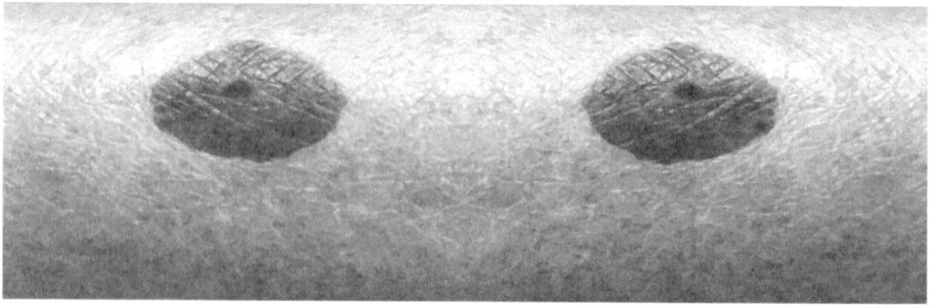

最漫長的一條路

由家裡到癌症病房
幾十分鐘車程
抗癌
卻是最漫長的一條路

走沒多久
你塵滿面
他也鬢如霜了

縱使相逢
應該也不識
認不出來

尤其是
頭髮掉光
白血球數太低
戴上了帽子及口罩
之後

來到安寧病房的床邊

來到安寧病房的床邊
依然看到一張堅持畫了妝的臉

嘴唇是紅的

執起妳的手
不用看抽血報告
由指甲的窗口看進去
十個都是白的
妳緊握我的手

那冰寒的手指
像十顆牙齒一樣
咬著我　啃食著我
婚戒也一樣堅持戴在手指上
因為瘦
隨時都會脫落
成為一個　無法兌現的
誓言
一個不知掉向何方的
句點

一個嘆息

看著妳這樣的手
眼裡浮現
訂婚時
妳穿著白色的婚紗
戴著白手套
玩著未婚不願意被伊順利套上戒指的遊戲
極度幸福的樣子

沒想到
才幾年
就走到了盡頭

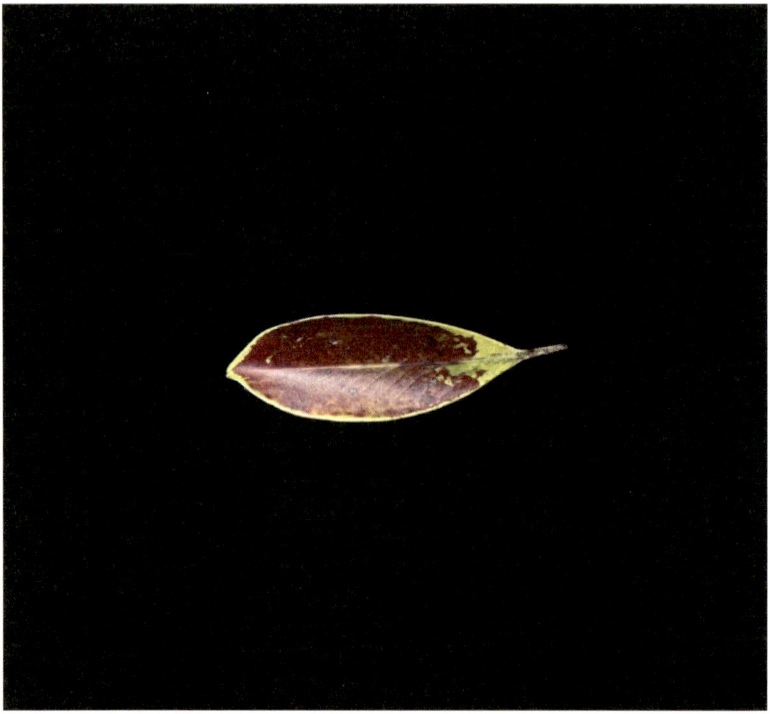

探望

不管如何探
如何望

後面這一段都是不精彩的

一直枯瘦下去
如冬天的楓

血壓高如初初的秋意
血糖高就像中秋了

第一次中風
微微的左癱

開始吃抗凝血劑
就晚秋了

體重逐漸減輕
如身上的葉子開始慢慢飄落
再次中風
嘴角歪斜

如冬天裡加上又一次的風雨

吃飯嗆到
喘鳴
肺炎
住院

入加護病房

再出院

更消更瘦

枝上所剩下的葉子已經不多

整天躺臥著

睡

如灰空中不動的杈椏

蕭寒

起身吃飯癲危危

不斷嗆到

很怕
那最後一片的葉子落下去
如最後面等到的
那通知

不要買太多

要不要再買房子
就像考慮要不要再築一個巢

曾經夢想買地
建一個像雙橡園那樣的房子

而一個愈好的家
後世來參觀的人愈多
也就愈滄桑

人
移來移去
不就像一隻候鳥嗎

而候鳥有需要築很多個巢嗎

那旅館就是我們一個又一個暫時的家
習慣了就好

其實最後你連一個皮包都不需要
所以不要買太多

搬走

辦完告別式
火化
入塔
如到車站
機場
終於把親人送走
轉身
回家

那房間空蕩蕩

靠想像
把他們過去的身影
安裝上去

怎麼看
卻還是
空蕩蕩

那是
一個不會再回來的家人

這房間
看你能幫他們留多久

或者

終於
受不了

甚至
你連自己的房間也不留了

直接搬走
賣掉

售

沒有看過這麼大的字
售
貼在門上

你走後
這個屋子就不是巢了
要販賣什麼呢
裡面空蕩蕩

不會成為化石

當那一天來了
有幸能參加你的告別式

看著你的照片
獻香
獻花
獻果

再轉身
淨手離去

過去我們朝思暮想　夙夜匪懈的
各種追求

都無人提起

最先成為過去

有沒有想過

什麼最能持久下去

當年我們沒有

以多少首詩或多少幅畫能傳世做為ＫＰＩ

進入火葬場火化之前

你有那一首詩　那一幅畫　那一篇論文

能像富春山居圖那樣脫逃出來

如果沒有
你又說你成就斐然
很偉大

你頂多就是
一隻紙糊的

恐龍

斷斷不會
成為千萬年後依然存在的

化石

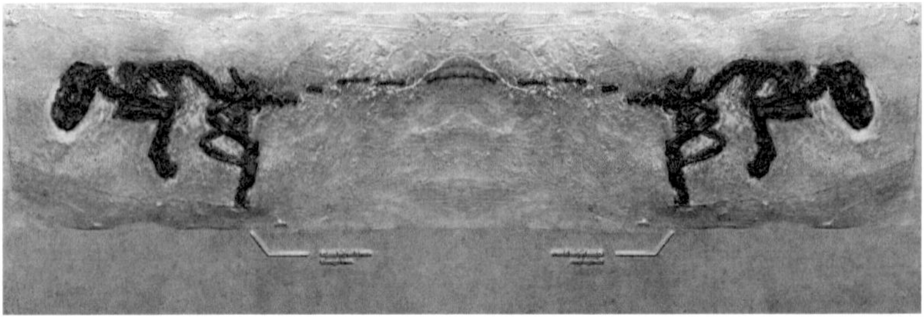

語言文學類　PG3129　台灣詩學同仁詩叢15

李飛鵬詩選

作　　者／李飛鵬
主　　編／李瑞騰
責任編輯／陳彥儒
圖文排版／陳彥妏
封面設計／嚴若綾

發 行 人／宋政坤
法律顧問／毛國樑　律師
出版發行／秀威資訊科技股份有限公司
114台北市內湖區瑞光路76巷65號1樓
電話：+886-2-2796-3638　傳真：+886-2-2796-1377
http://www.showwe.com.tw
劃撥帳號／19563868　戶名：秀威資訊科技股份有限公司
讀者服務信箱：service@showwe.com.tw
展售門市／國家書店（松江門市）
104台北市中山區松江路209號1樓
電話：+886-2-2518-0207　傳真：+886-2-2518-0778
網路訂購／秀威網路書店：https://store.showwe.tw
國家網路書店：https://www.govbooks.com.tw

2025年1月　BOD一版
定價：350元

讀者回函卡

國家圖書館出版品預行編目

李飛鵬詩選 / 李飛鵬著. -- 一版. -- 臺北市：秀威資訊科技股份有限公司, 2025.01

面； 公分. -- (語文文學類；PG3129)(台灣詩學同仁詩叢；15)

BOD版

ISBN 978-626-7511-52-7(平裝)

863.51 113019943